상한 것들

2018 목동중학교 학생시집

상한 것들

2019년 4월 1일 제1판 제1쇄 발행

엮은이   주예지
지은이   목동중학교 시쓰기 동아리 '시끌詩끌'
펴낸이   강봉구

펴낸곳   북만손출판사
등록번호 제406-2018-000139호
주소   413-120 경기도 파주시 와석순환로 307 산내마을 1107-101
전화   070-4067-8560
팩스   0505-499-8560

홈페이지 http://bookmanson.blog.me
이메일   bookmanson@naver.com

©주예지

ISBN 979-11-965466-4-9 43810
값은 뒤표지에 있습니다.

2018 목동중학교 학생시집

상한 것들

주예지 엮음

목동중학교 책쓰기 동아리 '시끌詩끌' 지음

북랜손

차례

최다영

신지웅

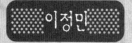

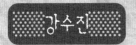

머리말

시(詩)라는 친구를 만났으니

　이 책은 목동중학교 책쓰기 동아리 '시끌詩끌' 부원 중 자원을 한 10명의 아이들이 쓴 시를 묶어낸 것입니다. 동아리 회차마다 주제만 던져주었을 뿐 부끄럽게도 아이들에게 시 쓰기에 대하여 지도한 적이 없습니다. 불친절한 안내에 내던져진 아이들은 이따금 시를 어떻게 써야 하느냐고 귀여운 투정을 부리면서도 흰 종이에 자기 나름대로의 생각과 느낌을 담으려고 부단히도 애를 썼습니다.

　3월 초 동아리를 모집하는 시기에 동아리 홍보를 할 때였습니다. 수업하는 반에 들어가서 올해 새로운 동아리를 만들었다고 운을 떼니 아이들의 표정이 사뭇 기대감에 차오릅니다. 하지만 그것도 잠시, 시 감상 및 창작반이라고 소개하니 일순간 정적이 흐르며 마지못해 웃어주는 어색한 입꼬리와 실망감이 어린 눈빛이 스쳐 지나갑니다. '시'라는 한 단어만 들어도 아이들이 느끼는 거부감은 상당합니다. 인원 수 미달로 폐지될까봐 위기감이 들어 급히 홍보물을 제작하여 반마다 붙이고 다녔습니다. 일단 인원을 채우고 보자라는 심정으로 아이들의 관심을 끌 수 있을 만한 활동 위주로 홍보를 했습니다. 시 구절 책갈피 만들기, 시화 그리기, 야외로 나가서 시 쓰기, 봄이 오면 꽃 보러 가기, 같이 궁 놀러 가기, 대학 캠퍼스 구경하기 등 시 창작에 대한 이야기는 별로 없고 야외 활동 위주로 홍보하니까 반응이 좋습니다. 그렇게 19명의 시끌詩끌 동아리가 만들어졌습니다.

　그동안 아이들에게 시는 분석해야 하는 대상이고, 문제를 풀고 그것이 답인지 아닌지 점수를 내야 하는 것이기 때문에 부담스러운 존재였습니다. 문제지에 동그라미, 가위표를 치며 아이들은 객체로 밀려납니다. 청소년기의 아이들은 타인의 시선이 따가워 숨기 급급해하면서도 끊임없이 자기 자신을 세상에 드러내고자 합니다. 그렇기 때문에 자신들이 주체가 되지 않으면 금방 흥미를 잃습니다. 시 창작에 대한 이론적인 지식을 가르치기보다는 아이들이 시와 먼저 만나는 경험을 하는 것에 초점을 두었습니다. 시를 고르거나 쓸 때 가장 중요한 것은 '내 마음'에 와 닿는지, 왜 그 시가 이 순간 와 닿는지에 관한 것이었습니다. 서점에 가서 자유롭게 시집을 살펴보고 나의 첫 시집을 가져보는 경험, 마음에 닿는 구절로 책갈피를 만들어서 소중한 사람들에게 선물하기, 학교 구석구석을 돌아보고 가장 좋아하는 장소를 사진으로 담아 시로 표현하기, 시 구절이 담겨 있는 나만의 부채 만들기, 친구들과 함께 광화문 시 글판 만들기 등 아이들 눈높이에서 시를 바라볼 수 있도록 했습니다. 마지막에는 학교 안에 있는

북카페에서 작은 전시회를 준비하여 친구들과 선생님을 초청하는 시간을 가졌습니다. 아이들이 재밌어 하는 것을 보니 신이 났습니다. 물론 시를 창작하는 것은 여전히 부담되고 무언가 대단한 것을 써야만 할 것 같은 느낌을 주지만 그래도 시에 대한 거부감을 한 표피 걷어내어 기쁩니다. 동아리 부원 중 한 명은 시 블로그를 운영하기 시작했습니다. 이제 더 이상 공부만 하는 학생이 아니라 멋진 시인입니다.

아이들의 언어로 이루어진 시가 참 좋습니다. 아이들의 입말이 살아 있고, 아이들의 삶이 녹아든 정성스러운 한 글자 한 글자가 마음을 움직입니다. 세련되고 정교한 맛이 없어도 소박하고 투박한 아이들의 시가 마음을 간질이는 이유입니다. 아이들의 소중한 시를 책에 담을 기회를 주신 것에 감사드리며 마칩니다.

2019년 2월
목동중학교 교사 주예지

눈꽃

보기만 해도 심장이 시려온다
마음 한 켠에서 심금이 울리우는 저 꽃은
어떤 사연이 있었기에
어떤 고생 끝에 꽃을 피웠기에
저리도 슬픈 얼굴을 하고
가벼이 허공을 나리는지

저와 같은 꽃 하나가 그랬었지
제 몸 하나 제대로 가누지 못한 채
다른 꽃 하나라도 지켜주겠다고
날 따스히 안아주었었지

저 꽃도 그렇겠지
처참히 밟히고 서서히 녹아내려
흔적도 없이 사라져 버리겠지
그리고 나는 또 그의 품에서
시리도록 아픈 겨울을 나겠지

사라져 버린 그 꽃을 떠올리며
흐르지 않는 눈물을 삼키고
또 한번 그 시린 가슴을 부둥켜 안고 소리칠테지
슬픈 운명이여, 가시오
또 오시거든 그땐 눈꽃으로 만나지는 마십시다

기약 없는 약속은 바람을 타고
저 멀리 날아가 산산이 부서져 흩어져 버렸다
그러나 나는 기다리고 있을 테요
간간이 들려올지 모르는 그대의 소식을
그 소식을 전해올 눈꽃의 바람을

최다영

달빛

그대의 목소리가 아스라이 들립니다
달빛을 따라 흘러흘러 왔나봅니다
한 밤 내 머물러 있을 달빛에서
떨어져 내리는 금빛 가루를 바라만 봅니다
다가가면 아스라이 멀어질까
두려워서 그저 고요히 바라만 봅니다

메아리

빛을 향해 달려가는
어둠 속 산길
황혼의 메아리는 새까맣고
빼앗긴 목소리는 메아리 쳐 울린다
메아리는 날 비껴가고
난 오지 않을 메아리를 부른다

최다영

그대를 떠올리는 밤

달빛이 유난히 밝은 오늘 밤
별들의 속삭임으로 노래가 되는 밤
금색 달빛 가루를 묻혀 바르고
내 편지를 전하는 달빛 바람의 밤

그대를 보고 싶어 벅차오르는 맘을 달래도 보고
한밤중에도 잠들지 못하게 하는 당신을
잠시 잊으려고도 해보았지만

창 틈새로 흘러들어오는 금색 달빛에
귓가에서 떠나질 않는 별들의 노래에
살랑살랑 잎을 흔들어 창을 두드리는 바람에
천천히 이끌려 매료되어
함께 어울려 춤을 추어 봅니다

별들이 속삭이는 노래에 맞추어
부드러운 바람의 아름다운 춤에 이끌려

달빛 조명을 받고 밤하늘을 무대 삼아

한 밤 내 자유로이 누빕니다

유난히 밝고 고요한 어느 밤, 나는 우아한 달에게 조심스

런 밤 인사를 건넸습니다

최다영

Scar

Scarceness made me scared
It's a scar that's never erased
coerciveness made a fate go on
nobody would've known
until scarcity was shown

lovely, but is it true?
lively, but is it real?
lonely, I was left alone

lights were never shawn
in darkness I was left alone
I reach but I am never there
glancing, wishing to be there
dancing, wishing to be them

rejected, another scar
again, left alone

날리는 비

훨훨 나린다
숨결 같은 비가

너무 가벼워서
흐르지도 않는다

훨훨 나린다
가벼운 비가

눈이 그렇듯
훨훨 나린다

투명한 비가
눈에서 나린다

흘러야 할 비가
훨훨 나린다

최다영

그 방울방울마다
비웃음이 서려 있고

거짓이 녹아든
가벼운 비가

마구 휘날린다
움켜쥐면 사라져 버리는
가짜 비가

훨훨 나린다

일기예보

일주일 내내 비래요
끝나가는 여름 더위마저 도망가라고
일주일 내내 비래요

하루, 이틀, 사흘, 나흘…
계속 세면서 하루하루를 지내다 보면
어느새 매서운 칼바람이 코앞을 스쳐요

차가운 칼바람이 세상 아름다운 것들
모두 얼려버리고 나면

포근포근 내리던 함박눈도
삐죽삐죽 진눈깨비가 되고 말아요

훗날 칼바람에 흩날리겠지만 지금은

일주일 내내 비래요

최다영

끝나가는 여름 더위마저 도망가라고
일주일 내내 비래요

최다영

　시는 나에게 오랜 친구와도 같다. 처음 시를 짓기 시작한 그 순간 부터, 나는 시를 쓰는 데에 흥미를 느꼈다. 마치 오래 전부터 기다려 오던 친구를 만난 것 같은 기분이었으며, 동시에 처음 만난 흥미로운 놀이였고, 나는 힘든 일이 있을 때도, 기쁜 일이 있을 때도 이 시라는 친구에게 털어 놓았다. 시를 읽으며 화난 마음을 잠재웠고 시를 지 으며 슬픈 마음을 달래 후련히 털어 놓았다. 기쁜 일이 있을 때엔 마 치 일기에 기록해두는 것처럼, 시를 하나씩 지어 기억했고 기분이 상 할 때엔 이 시를 읽으며 그때의 감정을 떠올렸다. 내가 이렇게 이 오 랜 친구에게 도움을 받은 만큼, 다른 사람들도 이 사실을 알고 나처 럼 시에게서 위로를 받고 행복을 찾고 공감할 수 있었으면 좋겠다는 마음에 자작시를 올리는 블로그를 하나 운영하기 시작했다. 하루의 감정을 시에 담아내는 감정 일기, 다양한 시들을 읽고 감상하며 새로 운 형태와 표현들을 써보는 시 연습, 그리고 때때로 떠오르는 표현들 을 모아 만드는 여러 시들 등 여러 종류의 시들을 지어 올린다. 블로 그의 필명은 '들림'이다. 속마음이 들렸으면 좋겠다는 뜻에서 지은 이 름이다. 그만큼 공감할 수 있고, 위로 받을 수 있고, 내가 느낀 행복을 읽는 이도 느낄 수 있었으면 좋겠다는 바람을 담았다.

우주와 별의 인생

너의 누군가는 항상 옆에 있을거야

우주 안에 있는 별

나는 그렇게 생각하지 않는다

별 안에 우주가 있기에 우주 안에 별이 존재하는 것

나는 어느 순간에 사라져 버렸다

빨려 들어가는 블랙홀처럼

그렇게 묻던 너에게 난 상처를 주어 버렸다

너가 가고 나서 난 구멍이 나의 마음에

생겼다

너는 사라졌고

나는 너를 영원히 기다린다

병아리의 인생

오늘도 지저분한 종이 상자 안에서
삶을 시작한다. 작은 종이 상자 안에서
누가 우리의 부모인지도 모르는 우리의 인생은
처분된 삶이나 마찬가지라고 아저씨는 말한다.
아이들이 학교에서 나오면 우리들을 하나 둘 씩
사간다. 그때마다 우리는 그 작은 발로 종이 박스를
움켜 잡으며 살기 위해 온 힘을 다하지만
다 소용 없는 짓이다. 아이들이 하나 둘 사라져 가면
아저씨는 우리들 중에서 가장 약한 아이를
쓰레기통으로 집어 넣는다.
그때마다 살려달라고 발버둥치는 나의 옛 동료들
나는 그 참혹한 시절을 잊을 수 없다. 인간의
야망으로 우리의 목숨을 빼앗는 것을

신지웅

기쁨

누군가의 기쁨은 나의 기쁨이고 나의 기쁨은
희망의 시초를 만든다. 사람들에게
기쁨이란 하늘에서 반짝이고 있는
하나의 별과 같다. 하지만 나의 기쁨
은 푸른 하늘 아래서 싱그럽게
피어난 작은 새싹이다

고기잡이

오늘도 이른 새벽부터 아버지는 일어난다
바닷그늘에 휘날려 날아가는 아버지의 모습으로
마치 연어 같았다. 밤 파도에서 사라져 가는
아버지의 모습, 작은 배 하나로 오늘도 살아간다
작은 등불 하나로 그의 마음을 녹여 줄 그
작은 등불 하나로 나는 빌어본다. 아빠를 보고 싶다고

신지웅

환생

안개 속에서 누군가를 찾고 있다
만나 본 적은 없어도 희미하게 생각난다
이 세상에 탄생하기 전부터 나를 쭉 지켜 봐준 너라는 생물
나는 너라는 생물을 찾아내기 위해 너의 영혼을 품에 담고
천국이라는 고독하고도 은혜로운 곳으로 뛰어 내렸다
하지만 너라는 생물체는 그곳에 있지
않았다. 나는 울었다. 어디에 탄생하였냐고
너라는 것을 말했다. 나는 너고 너라는 것이
나를 만들었다고

아기 갈매기의 눈물

나는 오늘도 난다
그 한 번의 방심으로 나는 실패자가 되었다
그 과거에 나의 동족과 머나먼 땅을 찾기 위해
하늘을 가로지를 때가 생각난다. 거대하고도 커다란 파도도
부드럽고 따뜻하게 나를 감싸 돌던 바람도 오늘따라
더 그리워진다. 나는 오늘도 난다. 동족이 머물고 있을
땅으로 나는 날아간다. 거센 파도와 날카로운
바람, 세차게 내리는 비도 나의 마음을 찢어
갈구지만 나는 무심한 듯 넘긴다. 나는 난다
머나멀고도 머나먼 동족이 있는 땅으로

신지웅

배낭

오늘도 아침부터 나의 주인님은 바쁘게 움직인다
나는 그런 주인님을 기다린다
주인님은 나를 매달고 학교라는 위대한 곳으로
간다. 나는 주인님의 등에 있을 때마다
좋다. 그의 포근하고 따뜻한 등은 나를 감싸 돌고
그의 따뜻한 온기는 나를 사랑한다
나는 그를 사랑한다. 나는 그를 사랑한다

신지웅

  내가 생각하는 시는 사람들이 나의 시를 보고 즐거움과 행복을 느끼고 삶의 희망을 키워나갈 수 있게 하는 것이다. 내가 시를 쓴 목적은 내가 느꼈던 감정들을 사물이나 다른 생물에 비유하여 사람들이 더 편하고 공감이 되면서 읽으면 좋을 것 같다. 나는 시가 좋다. 그 이유는 감정을 표현하는 방식이 다양하고 물건이나 생물에 비유하여 시를 표현한다면 시의 느낌과 감각이 더욱 더 재미있어지고 독자와 글쓴이도 시에 집중을 하며 읽을 수가 있기 때문이다. 나는 사람들이 나의 시를 읽으면서 재미있고 감동이나 새로운 감정들을 느끼면 좋을 것 같다.

더워서 쓴 시

봄선녀가 떠나시면
아쉬워할 틈도 없이
활기찬 여름 청년이 온답니다
둘은 서로를 사랑하지만
결코 만날 수 없는 짝인걸요

계절의 연애사에
저만 죽어나갑니다 ㅠㅠ

해가 밉다
–엄마 걱정을 읽고

해가 오늘도 고개 내밀며
나를 놀린다
곤히 자는 아들을 두고
떠나게 하는 해가 밉다

해가 오늘도 몸을 숨기며
나를 놀린다
사람들은 웃음 지으며 따스한 집으로 돌아가고
내 앞에 열무 단은
내 집 가는 길에 넘지 못할 산이 되었다

저멀리 아득히
아들의 울음소리 들려온다

김수진

차원 이동

하늘을 올려다보지 않아
주위엔 온통 즐거움뿐이거든

눈에 보이지 않아
거긴 너무 높거든

지금 내가 사는 이곳
나의 일상
나의 전부가 머무는 곳

나의 핸드폰
나의 성적
나의 사랑하는 친구들

나의 친구들아

더 높은 곳을 알게 된 나는

더 이상 주위의 즐거움에 웃을 수 없었어

지금 내가 서 있는 이 곳은
신비롭고,
아름다워

하늘을 올려다보니
그곳엔 황홀한 우주가 있었어

눈을 뜨고 바라보니
높이 날아오른 내 모습이 보였어

나의 친구들아
여기는 어딜까?

김수진

시가 너에게 쓰는 편지

내가
너에게
자유를 선언한다

가슴 깊숙이 품은 별과
별을 향한 바쁜 발걸음에게

울컥이는 눈물과
붉어진 눈에게

두근거리는 심장과
발그레 달아오른 볼에게

네가 가진 모든 것들
모든 감정에

내가

자유를 선언한다

날개를 펴고
더 높이 날아갈 수 있도록

김수진

성적 향상

성공을 바란다면
적당히 쉬어 갈 줄도 알아야 하는 법
향기로운 가을 풀잎 속에 파묻혀
상처 받은 내 마음을 다독일 줄도 알아야 하는 법

지구는 둥글지 않다

지구는 둥글지 않다

높다란 산과
넓은 바다와
울창한 숲과

끝없는 다툼과
사랑과
화해와 울음이 있는데

지구는 둥글지 않다.
그럼에도 지구가 둥글게 보이는 것은

크나큰 지구보다
그것들이, 그 모든 것들이
티끌 같이 작기 때문이다

김수진

나

금방이라도 파도에 씻겨 나갈 듯한
낙서 같은 나라도

높은 산 아래 숨어 있는
작은 모래알 같은 나라도

나이기에
그저 나이기에

좋다

김수진

처음 시 동아리에 들어왔을 때는 막막하기만 했다. 도대체 내가 무슨 생각으로 이 동아리에 들어왔나, 정신이 나갔었나보다 싶었다. 멋진 시를 쓰기 위해 스트레스를 받고 동아리 전에 미리 시를 써놓기도 했다. 하지만 어느 순간, 다 부질없는 짓임을 깨달았다. 시란 내가 원하는 것을 마음대로 표현하는 언어의 그림이기에, 그런 고민은 이 세상 그 어떤 고민보다 쓸데없었다. 시는 지구에서 학생의 신분으로 발이 묶여 있는 나에게 자유를 주었다. 시는 여행이다. 시를 통해 나는 책상 앞에 앉아 우리 집 앞 골목에서부터 먼 우주로까지 여행하였다. 가끔은 조금 가벼운, 가끔은 조금 더 진지한 여행 코스를 밟았다. 7편의 시는 내가 다녀온 여행의 일부를 담은 기념품이다. 나는 오늘도 새로운 여행을 시작한다.

타인을 사랑하는 법

때로는 밉고
왜 나한테만 이러지 싶지만

잠시 생각해보세요

그이의 행복에 진심으로 기뻐하며 슬픔에는 함께 눈물을
흘렸는지.

남의 불행이 나의 행복이라는 세상 속
그대는 정말 '사랑'했나요?

상한 것들

머리 끝이 상했다
아주 많이
잘라야지 잘라야지 했을 뿐
점점 더 타고 올라와 심술을 부린다

내 마음 끝자락도 상했다
아주 많이
잊어야지 잊어야지 했을 뿐
점점 더 타고 올라올까봐 두렵다

이제 후회는 그만하고 싶다
싹둑
자르리라

아침 풍경

단풍잎 수북히
어지러진 길

차갑고도 섬세한
가을 바람을 맞으며

서로 다른 모습으로
다른 마음으로

오늘도

각자의 길로 향해간다

파아란

펼쳐진 하늘이
흐르는 구름이
파아란 바람이

내게로

유소은

곱게

다듬고 다듬자
곱게

거칠고 억센 나무가
부드러워지도록

말도
행동도
눈빛도

삐죽삐죽 나와
아프게 하지 않도록

생각

'내가 다 잘했음 좋겠어'
'더 잘했음 좋겠어'

성적에 대한
외모에 대한
환경에 대한 열등감

잠시 눈을 감아보니
나는 그저 다른 사람을 따라가고 있던 건 아닐까

다시 보니
왜 나 이대로 사랑하지 못하는걸까

이렇게 다른 이를 부러워하며 쫓아가고 있는 동안
지금, 나 그대로 사랑해주는 사람을
놓친 건 아닐까
잊은 건 아닐까
울린 건 아닐까

유소은

포옹

모든 것에 지쳐버릴 때

가슴이 답답하고 서러워
끙끙거릴 때

그냥 말 대신 한번 안아주면
참 좋겠다

유소은

시를 쓴다는 것이 참으로 어렵고 동시에 즐거운 일인지 알게 해준 기회였다. 시를 좋아하지만 그건 내가 시를 읽는 독자였기 때문이고 시를 쓰는 건 완전 다른 느낌이었으며 가뜩이나 고민을 심각할 정도로 많이 하는 내게 창작이란 친해지고 싶지 않은 일이었다. 그래도 이왕 친구랑 도전한 건 열심히 해보고 싶었기에 끝까지 버틸 수 있었다. 처음에는 엄청 괴로웠는데 점차 마음 끌리는 대로 쓰다 보니 재미있어졌다. 또 무기력한 상황에서 시를 쓰면 생각과 감정을 차분히 정리하게 되어 좋았고 온전히 글에만 집중해서 써 내려가다 보면 그냥 행복했다. 매일매일 반복되는 하루에서 작은 온기를 발견하며 느낀 이 작은 기쁨을 당신도 느껴볼 수 있길 바란다.

여름날

온 세상을 비추는 햇빛
온 세상을 휘덮는 초록빛 잎
그런 여름날

기다려 온 시원한 빗방울
기대해 온 세찬 물줄기

어쩌면 그대를 더 기다려 온

그런 여름날

집에 가는 길

딩동댕동 종소리
시끌벅적 이야기 소리
신나는 발걸음

뜨거운 여름 햇빛
시원한 초록빛 나무 그늘
푸른빛 여름 하늘

거리의 흥겨운 노랫소리
분주한 자동차 경적소리
가벼운 발걸음

여름날, 집에 가는 길

밤비

세상이 어둑어둑
남색의 커튼과 함께

톡…… 톡…… 내리는
세상을 포근히 감싸는
비

톡…… 톡…… 내리며
자장가를 들려주는
밤비

풍선

풍선은 내 마음
점점 커지다
펑 터져버리는 내 마음

내 마음은 풍선
커졌다 작아졌다
오락가락하는 내 마음

풍선은 내 마음
하늘 위를 둥둥 떠다닐
자유로운 내 마음

실타래

엉킨 실타래
얽혀진 내 맘

그렇지만 따스한

그 맘을
오직 한 개의
실타래로 당신께 전해 봅니다

그 조그마한
실타래
그 속에 담긴
무수한 내 맘

엉킨 실타래가 풀려
당신과 내 맘이 이어지길
바래봅니다

고맙습니다

곰곰이 생각해 보면
하루하루가 고마움으로 가득하다

그렇지만
익숙함에 사로잡혀
그게 고마움인 줄 모른다

내가 받은 행운보다
내게 온 불운을 더 생각한다
그래서 그 고마움을 잊어버리고 만다

고마우면서도
고맙다는 말 못 전하고
속으로만 생각하지만
이제는 그 고마움을 전해야겠다
누군가 내게 선사해준 친절
이제는 내가 선사할 차례다

남다연

목적지

지나가는 길에는

개나리 꽃밭도 있고
소나무 그늘도 있고
종달새도 있는데

숨 가쁘게
오로지 목적지를 향해

지나가는 길에 있는
사소한 행복을 놓치며
그저 지나가야만 할까

지나가는 길에

개나리의 명랑함에 빠져보기도 하고
소나무의 늠름함에 반해보기도 하고

종달새의 노랫소리에 감탄해보기도 하고

지나가는 길에 있는
사소한 행복을 느끼며
천천히 갈 수는 없는 걸까

남보다 조금은 늦더라도
사소한 행복을 간직하며
목적지로 향할 수는 없는 걸까

시작메모

남다연

한 편의 시를 쓰기까지 많은 고민이 있었습니다. 굉장히 쉽게 써진 시도 있지만 오랜 시간이 걸려 쓴 시도 있습니다. 시를 쓰며 차분히 생각하는 시간이 많아졌습니다. 지금의 감정의 충실하게 되었습니다. 그렇지만 아직 솔직한 감정을 나타내는 것이 어렵습니다. 그렇기에 아직 부끄럽고, 부족한 시지만, 지금 저의 모습과 생각을 기억하고 싶어 시집제작에 참여했습니다. 친숙한 주제와 무겁지 않은 시로 여러분께 쉽게 다가가고 싶습니다. 시끌詩끌 동아리에서 많은 경험을 할 수 있어 좋았습니다.

유토피아

욕심에 물든 이 사회가 묵살한
'진짜' 행복의 종착지

빈 칸

　상처로 가득 찬 사람들에게 난, 무엇이든 담아줄 수 있는
빈칸이 되고 싶다

이정만

위로

가식적인 웃음 속에
우울을 숨기려고 하지 말아요
아프다면 울어도 괜찮아요

성공이란,

치열하게 살아온 스스로에게
칭찬을 아끼지 않는 삶 그 자체

이정민

진짜 사랑

한없이 주고만 싶은 거
보기만 해도 행복한 거
대신 상처받고 싶은 거

사랑 별 거 없더라
그게 사랑이더라

짝사랑의 고찰

항상 널 울리는 사람에게 가는
그런 너를 좋아하는
나도 너 못지않은 겁쟁이지만

언젠가는 네 마음 속 한켠에
내가 들어갈 공간이 생기지는 않을까 하고

이정민

가을

여름의 끝자락에서
겨울의 첫 자락까지
유독 고독하게 느껴지던
시원했던 그 계절

이정민

    이 세상이 결코 아름답다고 할 수는 없다. 오히려 끔찍하고 각박함만이 가득찬 이 사회에서 우리는 하루하루 힘겹게 발을 내딛는다. 이 시들은 순전히 내가 15년간 살아오면서 느꼈던 감정들에 의존해서 쓴 것들이다. 정말 별 게 없다. 설렘, 우울, 외로움, 기대감 등등. 돌아오는 새벽마다 조용한 음악들을 들으며 느꼈던 감정들도 있다. 이 시를 읽는 사람들이 조금이나마 공감하며 편안할 수 있었으면 좋겠다. 이러한 감정은 이 시를 읽을 사람들 또한 충분히 가질 수 있는 것들이기 때문이다. 이 시를 쓰며 소소한 감정들을 되새길 수 있어서 더욱 흥미로웠던 것 같다. 이런 작업을 할 기회가 더 생긴다면 꼭 다시 해보고 싶다.

SHOW

인생의 막이 열린다.
누군가의 응원과
누군가의 지지와
누군가의 관심 속에서 춤추다 모두가 떠나버린 지금
인생이란 무대 중앙에 나 홀로 서 있다
이제 내가 헤쳐나갈 차례이다

풍선처럼

부풀기 시작한다
어떤 친구일까

한번에 공기를 훅 불어넣으면
금방 펑 하고 터져버린다

그래서 조금씩, 천천히 불어넣어야만
터지지 않고 커다란 풍선이 된다

나에겐 터지지 않은 풍선이
얼마나 될까

잠깐의 빈자리

학교를 마치고 돌아와
현관문을 연다
신발 수를 센다
아, 오늘도 없구나
괜히 방 곳곳마다 기웃거려본다

마음 한구석이 허전하다

경주마

나는 말이다
옆 시야를 가리고
앞만 보고 달린다

내가 경주에서 1등을 할 수 있을까
조마조마하는 마음으로 선두를 향해
오늘도, 내일도 달린다

나연서

상처

베였다

메마른 심장의 피가
꽃처럼 피어나 요동친다.

상처가 쉽게 아물지 않을 것을 알기에
마음 한구석이 저려온다.
또 다시 상처를 받게 될까봐

두렵다

현재형이 될 수 없기에

즐거웠어

기뻤어

위로 받았어

마음껏 웃었어

행복했어

너 덕분에

나연스

마라톤

내 인생의 도착지에 다다르기까지
42.195km
때론 넘어지고 다치고 걸을 때도 있지만
어제도, 오늘도, 그리고 앞으로도 조금씩 나아간다
땀에 흠뻑 젖어 쓰러져도 금방 일어서야만 해
나는 인생이란 마라톤을
꼭 완주하고 말 거다

나연서

시를 쓰면서 많은 고민과 수정을 거듭하면서 총 7편의 시를 만들어냈다. 다른 주제도 충분히 정할 수 있었겠지만 지금 시기에서 가장 주목받기도 하고 중요한 학업과 인생의 미래에 대해 쓴 시가 많은 것 같다. 그리고 언제나 고민이던 친구와의 문제와 그에 대해 내가 느꼈던 감정들도 시에 표현된 것 같다. 내가 쓴 시들은 주제를 정해놓고 쓴 것이 아닌 내가 가장 인상 깊게 느낀 감정들과 상황들을 그대로 옮긴 것이라고 보면 된다. 예전에 비해 목표가 생긴 요즘, 이 덕분에 시들의 전체적 분위기가 힘차고 앞만 보고 달려가는 분위기가 된 것 같다. 내가 느끼는 감정들과 생각들을 같은 나이대의 독자들이 공감하고 조금이라도 도움이 되었으면 하는 마음에서 시를 창작한 의도도 숨겨져 있다. 누군가, 단 한 명이라도 내 시를 읽고 무언가를 느끼고 깨달았다면 성공한 것이 아닐까, 생각해본다.

mob psychology

여긴 너무 이상해
모두가 위로 가려고 해
결국 다 소화될텐데

지평선 너머엔
뭐가 있을지 아무도 모르는데

길

나는 나의 길을 가고
너는 너의 길을 가고

그이는 그이의 길을 가고
그들은 그들의 길을 가고

다른 듯하면서도
평행우주인 듯
겹치는 우리들의 길

결국, 다 모순

서예슐

심연

심연 속의 나를 볼 때
말할 수 없는 기분에 사로잡히네

내가 내가 아닌 남 같을 때
투명하다 믿었지만 내 자존심에
불이 붙어 타버린 재

그 공허함의 눈동자가
가슴을 저리게 해

심연 속의 나를 볼 때
말할 수 없는 너의 기분에 사로잡혀 버리네

그대에게, 나에게

외로워 말아요
내가 곁에 있어줄게요

조급해 말아요
그대의 시간은 충분해요

아프지 말아요
소중한 그대의 마음 털어놔 봐요

자책하지 말아요
그대의 잘못이 아니에요

숨지 말아요, 그대
그대, 오늘도 수고했어요

망각

어둠의 끝에 도달했다가도
찰나의 빛에 어둠을 잊어버린다

너

너는 나를 모른다
너는 나를 잊었다
너는 나를 버렸다
너는 나를 증오한다

사실 너는 내가 그립다

서예슬

삭망월

너는 무얼 고민하고 있니
무엇이 너를 고민하게 하니

너는 무얼 힘들어하고 있니
무엇이 너를 그렇게 힘들어하고 있니

단지 빛이 달에 가려서
다른 부분을 보고 있는 것은 아니니

단지 한 쪽만 보고
모든 것을 추측하려고 한 것은 아니니

서예슬

이 시를 쓰면서 나는 진짜 '나'자신을 찾는 데 최선을 다했다. 우리는 우리 스스로를 잘 알고 있다고 생각하지만, 사실 우리에 대해서 우리는 잘 모른다. 자신이 싫어하는 사람의 단점이 자신의 단점이라는 말이 있다. 자신의 단점을 자신이 무의식적으로 증오하고 경멸하고 혐오해서 타인이 같은 단점을 가졌을 때 증오하게 된다는 것이다. 우리는 어떤 사실에 대해서 우리가 인정하기 싫으면 인정하지 않고, 인정하고 싶으면 인정한다. 한쪽 면에 치우쳐서, 같은 면적의 다른쪽 면은 보려고 시도조차 않은 채 단정 짓기 바쁘다. 이 시를 감상하면 할수록 읽는 이가 공감이 되길 바라고 더 깊이, 더 심오하게 생각을 해보는 계기가 되길 바란다.

하리보 젤리

하리보 젤리 봉지 안에는
다양한 맛의 젤리들이 들어 있다

사람들의 좋고 싫은 맛의 차이는
틀린 것이 아니다
그냥 그저 다를 뿐

전하지 못한 진심

엄마 아빠
미안해
언젠가 한번 내가 툭 뱉은 말이 상처가 됐다면
진심이 아니야
막말해서 미안해

엄마 아빠
사랑해
한 번도 말하지 않아서
몰랐을 수도 있지만
많이 많이 사랑해

엄마 아빠
고마워
이렇게 못났는데도
나 위해주고 내 편이여서
항상 고마워

강수진

하늘 위 사람들의 감정 기복

하늘 위 사람들이
아직 올라오지 못한 가족들이 그리운지
하늘이 노랗게 변했다

하늘 위 사람들이
뭐가 그리 슬픈지
하늘에서 비가 내린다

하늘 위 사람들이
서로 싸웠는지
하늘에서 천둥번개가 친다

겉과 속

햇빛이 밝을수록
그림자는 어둡다

강수진

시험 기간만 되면

시험 기간만 되면 책상 정리하고 싶고

시험 기간만 되면 끊임없이 배고파지고

시험 기간만 되면 오래된 친구가 생각나고

시험 기간만 되면 '잠시만'이 한 시간, 두 시간이 되고

시험 기간만 되면 일찍 졸리고

친한 친구

맘에도 없는 말을 막 뱉고
무관심한 척 하게 되고
사소한 일에도 화를 내고

그런 것들 사실은
그렇게 말 하려고 한 게 아니고
관심도 많고 네 생각 많이 하고
화내고 막상 다시 생각하면 진짜 별일 아니고
나도 했었던 일이더라

같이 여행도 가고 싶고
공유하고 싶은 내 일상도 많고
좋은거 많이 해주고 싶어

미안해 친한 친구일수록 잘해주지 못해서
고마워 이런 나여도 끊임없이 내 옆에 있어줘서

강수진

시 쓰기

내 마음의 낙서장

내 인성의 반성 일기장

내 생각의 신비로운 옷장

내 상상의 수영장

내 행복의 결승선의 운동장

강수진

시를 도저히 못 쓰겠어서 시를 많이 읽었다. 내 또래 애들이 썼던 시도 읽고 서점에 가서 시를 찾아 읽기도 했다. 계속 그러다 보니까 시가 좋아졌고 서점이나 도서관에 들어가면 시집부터 찾아보는 내가 신기했다. 이번에 시를 쓰게 되면서 나는 평소에 전하지 못했던 진심들을 시에 넣어놓았다. 학교 국어시간에나 시를 접해본 나였기 때문에 시를 쓰려고 펜을 잡으니까 머릿속이 새하얘졌는데 내 진실, 내 감정을 표현하려고 하니까 훨씬 수월했던 것 같다. 자존심이 워낙 강한 나에게 이번 시를 쓰게 된 것은 아주 좋은 기회였던 것 같다. 엄마 아빠, 그리고 내 친구들에게 내 진심들이 전해졌으면 좋겠다. :)

사랑니

사랑을 알 때 이가 난다고 해서 사랑니라고 한다
사랑니가 날 때 알게 된다고 해서 사랑이라고 한다

사랑을 알게 된 사랑니가 밖으로 나오려고 한다
잇몸을 들어올리고
턱을 아프게 하고
살이 붓고 피도 나는 것 같고

너가 이렇게 아프게 하면 내 사랑도 아플 것 같아서 무서
워지잖아

핸드폰 게임

인터넷에서 광고를 본 게 처음이었다
원래 생각도 없고
마음에도 없고
흥미도 없고

핸드폰은 전화하고 메시지 보내라고 있는 거지
게임은 무슨 게임이야
자신만만했다

그런데 난 불씨였고
친구는 불쏘시개
인터넷은 풀무였을 줄 누가 알았겠어요

내 마음은 갈대
귀는 종잇장
인터넷은 꿀바른 혀
세상에 믿을 거 하나 없어

강민지

그림

인생은 그림이다

사람은 종이이고

성격은 연필
혹은 색연필
볼펜일지도 모르는
다르고 다른 빛깔

머릿속에는 지우개가 하나
지우려고 해도 안 지워져서
매번 이 지우개는 아니라고 생각해도
결국 언제나 똑같은 지우개

인생은 자신만의 그림이라서
모두가 다르지만
결국 전부 어여쁘면 좋겠어

등나무 아래에서

꽃도 나뭇잎도 열매도
하나둘씩 등나무에 주렁주렁
얼기설기 덩굴이 드리운
새파란 하늘 밑이면
어느새 추억이 주렁주렁
웃음이 드리운
쭉 뻗은 벤치처럼
우리 앞길도 후회 없이 앞으로만

유치원 친구

바둑판 같은 유치원 친구들

소중하게 여기자고 다짐했었는데
어느새 찾아보지도 않은지가 몇 년째
바둑알처럼 앨범도 펼쳐보지 않았고
어디에 있는지도 모르고

까마득하기만 한 너희

공작(孔雀)

7교시가 끝나고 반이 시끄러울 때
건너편 분단에서 친구가 말했다
알아들은 말은 공작(工作)에 없었다
내일 미술이 들었지만
"이거?" 하면서 팔을 파닥거렸다

강민채

저녁 직전

냉이 된장국 끓는 소리
취사가 다 되었다는 밥솥 소리
생선 기름 튀는 소리
쓰레기봉투 바스락대는 소리
딸기 꼭지 도려내는 소리
손 씻고 수저 놓으라는 소리
밥솥 열리는 소리
평범한 저녁 식사
언제나와 같은 것이라도
더 바라지 않는다

강민지

　사람들이 흔하게 생각하는 시와 시인의 이미지는 낭만적이고 심오하다. 하지만 막상 그런 시인들을 흉내 내어 진지하고 고찰하는 시를 지으려고 하면 나 자신이 생각한 시와 사뭇 다른 모습의 시가 나오거나 펜만 들었을 뿐, 별다른 진척이 없는 일이 벌이지곤 한다. 이런 이유와 더불어 나는 아직 무거운 주제에 대해 부자연스러운 글을 쓰기 보다는 나를 더 잘 드러낼 수 있는 주제, 즉 나의 일상에 대해 편안한 시를 짓고 싶었다. 그렇게 쓰기 시작한 시는 내 생활이 시라는 수단을 통해 다듬어지고 생각을 정리하게 해준 기회였다. 생각을 정리하며 나 자신을 되돌아보는 기회를 가질 수 있었고 올바르게 나아갈 가치관에 대해서도 고민을 할 수 있던 값진 시간이었다. 많은 사람들이 시를 읽고 편안함부터 깨달음까지 무수한 감정을 쌓아올렸으면 한다.

'상한 것들'은 이상하고 수상하며 상상이 넘치는 비상한 것이었으니,

−시집『상한 것들』읽기

소종민 문학평론가

시집『상한 것들』에 실린 70편의 시는 모두 중학생의 작품이다. 이 시집을 읽고 처음 든 느낌은 놀라움이었다. 다종다양한 소재와 다채로운 주제가 담긴 이 시들이 14세에서 16세까지의 청소년들에 의해 씌었다는 점에 일단 놀랐고, 두 번째로는 사색의 깊이와 상상의 폭에 놀랐다. 그리고 고마웠다. 영상과 음향으로 가득한 문화 향유의 시절에도 이렇게 언어예술에 탐닉할 줄 아는 청년들이 있다는 사실이 그랬으며, 나아가 10명의 어린 시인 모두 개성 넘치는 자기만의 세계를 표현하고 있다는 사실이 그랬다. 참 고마웠다.

사실 어린아이가 자라서 청년이 되고, 또 청년이 자라 중년을 거쳐 노년이 된다는 당연한 사실을 우리는 늘 잘 잊는다. 눈앞의 현실에 휘둘려 지나온 현실을 되돌아보지 못하는 습관 때문이다. 여기 청년 시인들의 시심(詩心)에서 나 또한

젊고 어린 시절이 있었다는 사실을 깨닫는다. 그리고 이들의 생기 넘치는 말투와 진지하고도 엄정한 시작(詩作) 태도에 감명을 받는다. 나이를 먹으면 있는 그대로 보여주는 것이 왜 어려워져야 하는 걸까? 『상한 것들』은 그런 문제의식을 불러일으키는 시집이다.

나리는 비와 작은 등불 하나

휠휠 나린다
숨결 같은 비가

너무 가벼워서
흐르지도 않는다

휠휠 나린다 가벼운 비가
눈이 그렇듯 휠휠 나린다

투명한 비가
눈에서 나린다

흘러야 할 비가
휠휠 나린다

그 방울방울마다
비웃음이 서려 있고

거짓이 녹아든
가벼운 비가

마구 휘날린다
움켜쥐면 사라져 버리는
가짜 비가

훨훨 나린다

　최다영의 시 「날리는 비」다. 시에서 '비'는 떨어지거나 흐르
지 않고 '나린다'. 아마 '내린다'는 뜻과 '난다'는 뜻을 합하여
만든 조어일 것이다. 내리되 '너무 가벼워서' 비는 훨훨 난
다. 그렇게 비가 '나린다'. 이렇게 나리는 비는 너무 가볍다.
시의 화자(話者)는 가벼움이 좋지만은 않다. '비웃음이 서
려 있'는 것 같고, '거짓이 녹아든' 것 같다. '가짜 비'다. 분명
하게 땅을 향해 떨어지거나 땅을 거역하고 하늘로 날아오르
지 않고, 공기 가운데 훨훨 떠다닌다. 그래서 이 비는 불편
하다. 문제는 이 비가 아름답다는 것이다. 기분이 썩 좋지는

않지만 무언가 멋있는, 그런 이중의 감정을 최다영은 그려낸다. 멋진 솜씨다. 한 연을 두 줄로 구성한 이 시를 읽다가 정지용의 시 「비」(1941년)가 생각났다. 이 시 역시 두 줄을 한 연으로 구성하였고, 소재도 '비'다.

돌에
그늘이 차고,

따로 몰리는
소소리 바람.

앞 섰거니 하야
꼬리 치날리여 세우고,

종종 다리 깟칠한
山새 걸음거리.

여울 지어
수척한 흰 물살,

갈갈히
손가락 펴고.

멎은듯
새삼 돋는 비ㅅ낯

붉은 닢 닢
소란히 밟고 간다.

한두 방울 떨어지다가 여러 빗방울이 떨어져 산을 소란하게 만드는 찰나를 그린 시다. 여덟 개의 연으로 구성된 시에서 비가 보이는 건 마지막 두 연에서뿐이다. 앞의 여섯 연은 비가 오려는 기미(機微)를 그린다. 사람의 시가 자연의 기미를 재현하고 있다. 사람의 심정에는 관심이 없고 자연의 미세한 움직임만 드러나 있다. 열여섯 연, 서른두 행. 녹음기나 카메라, 스마트폰도 없는데 어느 산중에서 일어난 아주 흔하고 소소한 사건을, 비 오기 직전의 산속 풍경을 '언어'로 우리에게 전달하고 있다. 그 느낌도 아주 생생하다. 최다영도 시도해 볼 수 있지 않을까.

오늘도 이른 새벽부터 아버지는 일어난다
바닷그늘에 휘날려 날아가는 아버지의 모습으로
마치 연어 같았다. 밤 파도에서 사라져 가는
아버지의 모습, 작은 배 하나로 오늘도 살아간다

작은 등불 하나로 그의 마음을 녹여 줄 그

작은 등불 하나로 나는 빌어본다. 아빠를 보고 싶다고

    신지웅의 시 「고기잡이」다. 가족의 생계를 책임지려 새벽에 출근하는 아버지의 뒷모습이 왠지 짠하다. 그런 아버지에게 작은 등불을 옮겨주고 싶다. 하루를 따뜻하게 지치지 않게 일하다 오시라고 말이다. 기특하고 갸륵한 마음씨다. 어느 시인이 아버지의 마음으로 이렇게 화답(和答)한다.

지상(地上)에는

아홉 켤레의 신발.

아니 현관에는 아니 들깐에는

아니 어느 시인(詩人)의 가정(家庭)에는

알 전등이 켜질 무렵을

문수(文數)가 다른 아홉 켤레의 신발을.

내 신발은

십구문반(十九文半).

눈과 얼음의 길을 걸어,

그들 옆에 벗으면

육문삼(六文三)의 코가 납작한

귀염둥아 귀염둥아

우리 막내둥아.

미소하는
내 얼굴을 보아라.
얼음과 눈으로 벽을 짜올린
여기는
지상(地上).
연민한 삶의 길이여.
내 신발은 십구문반(十九文半).

아랫목에 모인
아홉 마리의 강아지야
강아지 같은 것들아.
굴욕과 굶주림과 추운 길을 걸어
내가 왔다.
아버지가 왔다.
아니 십구문반(十九文半)의 신발이 왔다.
아니 지상(地上)에는
아버지라는 어설픈 것이
존재한다.
미소하는
내 얼굴을 보아라.

아버지는 스스로 어설프다 비하하고 '굴욕과 굶주림과 추운 길'에 힘겨워하지만, 귀가하여 현관에 아무렇게나 어질러진 신발들을 보노라면, 고물대는 강아지처럼 어여쁜 어린 자식들을 보기만 하면 얼굴에 절로 미소가 번진다. 눈물 어리도록 따뜻하고 아름다운 광경이다. 지상(地上) 또는 현실의 어려움을 견디며 살아가게 하는 힘은 역시 '작은 등불'로 빛나는 연민의 마음이다. 위의 시는, 박목월의 「가정(家庭)」(1964년)이다.

자유 선언과 아침 풍경

내가
너에게
자유를 선언한다.

가슴 깊숙이 품은 별과
별을 향한 바쁜 발걸음에게

울컥이는 눈물과
붉어진 눈에게

두근거리는 심장과

발그레 달아오른 볼에게

네가 가진 모든 것들
모든 감정에

내가,
자유를 선언한다.

날개를 펴고
더 높이 날아갈 수 있도록.

　김수진의 「시가 너에게 쓰는 편지」는 독특하다. '시'가 '너'에게 말을 걸며, 자유를 선사한다. 이를테면, 시를 만나고 시를 사랑하며 마침내 시를 만드는 순간, 시는 '너'에게 자유를 선물할 것이라는 메시지가 있다. 분명히 김수진은 시를 쓰며 자유를 만끽한 게 틀림없다. 시에서 자유의 시간과 공간을 느끼고, 오롯이 존재하는 자유의 세계를 살 수 있다면 무엇보다 큰 행복이리라. 김수진의 작품에서 '시'는 너에게 자유를 선물한다면, 아래 시는 모든 사물과 모든 상황 위에 '너'의 이름을 새긴다. '너'의 이름은 '자유'다.

　초등학교 학생 때 나의 노트 위에

나의 책상과 나무 위에

모래 위에 눈 위에

나는 너의 이름을 쓴다.

내가 읽은 모든 페이지 위에

모든 백지 위에

돌과 피와 종이와 재 위에

나는 너의 이름을 쓴다. (…)

깨어난 오솔길 위에

뻗어 있는 큰 길 위에

넘치는 광장 위에

나는 너의 이름을 쓴다. (…)

화합한 모든 육체 위에

내 친구들의 얼굴 위에

건네는 모든 손길 위에

나는 너의 이름을 쓴다. (…)

욕망 없는 부재 위에

벌거벗은 고독 위에

죽음의 계단 위에

나는 너의 이름을 쓴다.

되찾은 건강 위에
사라진 위험 위에
회상없는 희망 위에
나는 너의 이름을 쓴다.

그 한마디 말의 힘으로
나는 내 삶을 다시 시작한다
나는 태어났다 너를 알기 위해서
너의 이름을 부르기 위해서

자유여.

프랑스 시인 폴 엘뤼아르의 「자유」(1942년)라는 시다. 김
수진이 힘차게 선언하며 '자유'를 선물한다면, 엘뤼아르는
아름다운 사물들 위에 조용히 '자유'라는 이름을 적는다. 물
론 김수진의 시에도 '자유'라는 이름을 적는다.

단풍잎 수북이
어지러진 길

차갑고도 섬세한

가을바람을 맞으며

서로 다른 모습으로

다른 마음으로

오늘도

각자의 길로 향해간다

　유소은의 「아침 풍경」이다. 어느 가을날 등교길인 듯하다. 어딘지 모르게 약간 쓸쓸한 느낌이 든다. 가을이라서 그런 것일까? 단풍잎이 어지러이 놓여 있고 바람도 차고 서로 학교를 향해 각기 발걸음을 옮기고 있다. 화자인 '나'도 어느 가을 아침 풍경의 일원이 되어 다른 친구들의 모습을 무심히 보면서 걷는다. 그 무심한 마음과 말 없는 걸음과 차가운 바람이 서로 어울려 아주 미세하게 아린 느낌으로 번져 간다. 시에 드러나 있진 않지만, 나뭇가지 사이로 내리는 밝은 햇살이 그런 느낌을 무찌르며 등교를 재촉하고 있을 것이다. 라이너 마리아 릴케라는 시인을 모셔와 우리 어린 친구들의 앞길을 응원하는 따뜻한 기도를 드리고 싶다.

소종만

주여. 때가 왔습니다. 지난 여름은 참으로 위대했습니다.

당신의 그림자를 해시계 위에 얹으시고

들녘엔 바람을 풀어 놓아주소서.

마지막 과일들이 무르익도록 명해주소서.

이틀만 더 남국의 날을 베푸시어

과일들의 완성을 재촉하시고, 독한 포도주에는

마지막 단맛이 스미게 하소서.

지금 집이 없는 사람은 이제 집을 짓지 않습니다.

지금 혼자인 사람은 그렇게 오래 남아

깨어서 책을 읽고, 긴 편지를 쓸 것이며

낙엽이 흩날리는 날에는 가로수들 사이로

이리저리 불안스레 헤맬 것입니다.

 릴케의 기도 시 「가을날」(1902년)은 여기서 끝나지만, 이렇게 이어질 것이다. "그러니, 주여. 이들의 길을 맑게 하시고, 편히 하시어, 모두의 집을 서로 짓게 하소서. 아멘." 간혹 쓸쓸해지더라도 마음 잃지 말기를! 길은 비록 외롭지만 내 곁에 친구도 함께 걷고 있음을 기억하고, 서로에게 집이 되어줄 일이다.

집에 가는 길과 사랑의 조건

딩동댕동 종소리
시끌벅적 이야기 소리
신나는 발걸음

뜨거운 여름 햇빛
시원한 초록빛 나무 그늘
푸른빛 여름 하늘

거리의 흥겨운 노랫소리
분주한 자동차 경적소리
가벼운 발걸음

여름날, 집에 가는 길

남다연의 시 「집에 가는 길」은 흥겹고 신난다. 모든 소리가 노랫소리 같다. 나무 그늘 사이사이로 반짝이는 햇빛도 오늘 따라 참 예쁘다. 시각과 청각이 함께 어울려서 공기마저 맑게 느껴지는, 이런 경우를 '공감각적 느낌'이라고 부른다. 참 좋다. 기분도 시원하다. 이와는 조금 다르게 이런 귓갓길도 좋다.

잎새 지는 오후 노을이 붉다

버스에서 내려 집으로 가는 사람들이 횡단보도에 서서 기다
린다

푸른 신호가 켜지고 이제 집으로 가도 좋다는 허가증을 받아
든 사람처럼

모두 급히 길을 건넌다

집은 사람들을 기다릴까?

골목에 서 있는 느티나무는 저녁마다 지나는 사람들을 세고
있을까?

집들의 불빛이 무슨 말을 전하기라도 하듯 점점이 켜진다.

그래

가을이 혼잣말하며 천천히 지나간다

윤석위의 「가을이 지나간다」(2017년)라는 시다. 지는 잎
새, 붉은 노을, 푸른 신호, 집들의 불빛. 집으로 돌아가는 길
을 수놓은 색(色)들이다. 그리고 내리고, 기다린다, 켜지고,
건넌다, 점점이 켜진다, 지나간다. 귀갓길의 움직임들이다.
그림 같은데 움직인다. 마지막에, 가을이 혼잣말로 '그래' 하
며 천천히 지나간다. 흘러가는 시간을 잠깐 잡아두고서 '움
직이는 그림'으로 만들었다. 사람이 느티나무를 보기도 하지
만, 느티나무도 사람을 본다는 발상도 재밌다. 처음부터 한

구절 두 구절 음미하면서 읽으면, 고운 노랫소리가 들릴 수도 있다. 남다연의 귀가는 여름에, 윤석위의 귀가는 가을이다. 봄과 겨울의 귀가도 그려 볼 만하겠다.

> 한없이 주고만 싶은 거
> 보기만 해도 행복한 거
> 대신 상처받고 싶은 거
>
> 사랑 별 거 없더라
> 그게 사랑이더라

이정민의 시 「조건」이다. 이 시를 읽는 열쇠는 제목에 있다. 여기서 '조건'은 사랑의 조건이다. 1연에서 말하는 사랑의 조건은 '무조건'이다. 한마디로 사랑에는 조건이 없다는 뜻이다. 조건 없는 사랑이야말로 진짜 사랑이라는 거다. 아주 쿨하게 말한다. 그런 원칙을 잘 지키기만 하면, 그게 사랑인 거다. 사랑은 별 게 아닌 거다. '그게 사랑'이라는 거다. 재밌다. 이정민은 사랑을 좀 아는 거 같다. 그리고 제목 자체가 시의 일부로 활용하는 고급 기술도 쓸 줄 안다. 사랑도, 시도 좀 아는 친구다.

라틴아메리카의 남쪽에 '칠레'라는 나라가 있는데, 그곳에도 사랑과 시의 대가가 있다. 그 역시 제목을 시의 일부로 잘

활용하곤 하는데 이런 시를 쓴 적이 있다.

> 슬픔보다 더 넓은 공간은 없고
> 피 흘리는 슬픔에 견줄만한 우주는 없다

이 시인의 이름은 파블로 네루다, 시의 제목은 「점(點)」(1958년)이다. 시인은 그냥 무심히 찍힌 한 점을 '공간'으로 생각하고 나아가 '우주'를 본다. 그렇다면 네루다는 거꾸로 우주를 '한 점'으로 여기는 시인일지도 모른다. 윌리엄 블레이크라는 오래전 영국의 시인은 "한 알의 모래 속에 세계를 보고/ 한 송이 들꽃에서 천국을 본다"(「순수의 전조」, 1803년)고 했는데, 발상이 비슷하다.

네루다는 점—공간—우주 사이를 슬픔으로 채운다. '피 흘리는' 슬픔은 온몸 온 마음을 다한 슬픔이다. 거대한 슬픔이자 위대한 슬픔이다. "별을 노래하는 마음으로 모든 죽어가는 것을 사랑해야지"(「서시」, 1941년)라고 한 윤동주의 슬픔도 이와 비슷하다. 이정민의 '사랑'이 쿨해 보이지만 '대신 상처받고 싶은' 전면적 헌신을 사랑의 조건으로 내세우므로 사실 굉장히 뜨거운 사랑이다. 제일 뜨거운 불꽃은 '파란색'인 것처럼 말이다. 존재를 건 사랑은 위대한 슬픔의 사랑이다.

그리움과 고민과 생각의 사이

> 학교를 마치고 돌아와
> 현관문을 연다
> 신발 수를 센다
> 아, 오늘도 없구나
> 괜히 방 곳곳마다 기웃거려본다
> 마음 한구석이 허전하다.

나연서의 시 「잠깐의 빈자리」다. 누굴 찾는 걸까. '오늘도' 없는 걸 보면 그 시간대에는 늘 자리에 없거나 내내 집에 들어오지 않는 누구일 수도 있다. 시 안의 주인공은 마음을 채워줄 누군가를 기다린다. 현관문을 열면 늘 신발 수를 세는 게 습관이 될 정도로 오래 기다린 듯하다. 없음을 알면서도 '괜히' 이방 저방 확인해 본다. 신발 수를 세고 괜히 방을 열어보는 동작이 그리움의 열도(熱度)를 짐작하게 한다. 제목에서 '잠깐'이라고 했지만 반어(反語)로 말한 걸 수도 있다.

그리워하는 이들은 대개 마음속에 시를 품고, 상상을 그린다. 누군가를 생각하는 건 마음에 그림을 그리는 거다. 그림과 그리움은 어원(語源)은 같을 수밖에 없다.

눈이 오는가 북쪽엔

함박눈 쏟아져 내리는가

험한 벼랑을 굽이굽이 돌아간

백무선 철길 우에

느릿느릿 밤새워 달리는

화물차의 검은 지붕에

연 달린 산과 산 사이

너를 남기고 온

작은 마을에도 복된 눈 내리는가

잉크병 얼어드는 이러한 밤에

어쩌자고 잠을 깨어

그리운 곳 차마 그리운 곳

눈이 오는가 북쪽엔

함박눈 쏟아져 내리는가

이용악의 시 「그리움」(1945년)이다. 넷째 연 2행에 '어쩌자고 잠을 깨어'는 나연서의 시 5행에 '괜히 … 기웃거려본다'와 통하는 시구(詩句)다. 그리움은 의도할 수 없이 그냥 일어나는 것이기 때문이다. 참으려 해도, 그러지 않으려 해도,

저절로 터져 나오는 마음이 그리움이다. 그리움은 시를 낳으므로, 시의 어머니다.

> 너는 무얼 고민하고 있니
> 무엇이 너를 고민하게 하니
> 너는 무얼 힘들어하고 있니
> 무엇이 너를 그렇게 힘들어하고 있니
> 단지 빛이 달에 가려서
> 다른 부분을 보고 있는 것은 아니니
> 단지 한쪽만 보고
> 모든 것을 추측하려고 한 것은 아니니

서예슬의 시 「삭망월」은 반대되는 면을 보거나 다른 부분을 보도록 요구한다. 그것으로 스스로 고민을 헤쳐나오라고 한다. 우리의 힘듦과 고민은 부분에 집착하는 데서 오는 경우가 많다. 공평하고 다각적인 시선을 제언하는 이 시는 서정(抒情)이나 서경(敍景)이 아닌, 주지(主知)의 시다. 우리의 감정이나 풍경 묘사와 달리 앎의 문제를 주제로 삼는 시를 주지시라고 부른다. 이성적인 태도로 문제 상황을 찬찬히 관찰하여 진실을 깨닫게 되는 과정 역시 우리에게 특별한 감동을 주곤 한다. 서예슬의 시처럼 인식의 전환을 요청하는 시 한 편을 보자.

시인은 오로지 시만을 생각하고
정치가는 오로지 정치만을 생각하고
경제인은 오로지 경제만을 생각하고
근로자는 오로지 노동만을 생각하고
법관은 오로지 법만을 생각하고
군인은 오로지 전쟁만을 생각하고
기사는 오로지 공장만을 생각하고
농민은 오로지 농사만을 생각하고
관리는 오로지 관청만을 생각하고
학자는 오로지 학문만을 생각한다면

이 세상이 낙원이 될 것 같지만 사실은

시와 정치의 사이
정치와 경제의 사이
경제와 노동의 사이
노동과 법의 사이
법과 전쟁의 사이
전쟁과 공장의 사이
공장과 농사의 사이
농사와 관청의 사이
관청과 학문의 사이를

생각하는 사람이 없으면 다만

휴지와
권력과
돈과
착취와
형무소와
폐허와
공해와
농약과
억압과
통계가

남을 뿐이다

김광규 시인의 「생각의 사이」(1979년)라는 시다. 이렇게 이성적 통찰에 의한 시는 고정관념을 부수고 연관되지 않을 것처럼 보이는 것들을 연결시키고, 연결되어 있던 것을 분리시킨다. 다시 생각하게 하고, 고쳐 생각하게 하고, 넓고 때로는 세밀하게, 합쳐서 또 떼어서, 서예술의 시처럼 앞만 보지 말고 뒷면도 보게, 위 그리고 아래, 안과 겉, 종합적으로

소종만

생각해보고 또 분석적으로 생각해보기를 요청한다. 생각보다 시는 넓고 깊으며, '한 점'에서 '우주'까지 담을 수 있다. 시는 재밌다. (다른 재밌는 거 하나. 위 시는 딱 한 문장으로 되어 있다.)

시 쓰기 그리고 저녁 직전

내 마음의 낙서장
내 인생의 반성 일기장
내 생각의 신비로운 옷장
내 상상의 수영장
내 행복의 결승선의 운동장

강수진의 「시 쓰기」라는 시다. 강수진에게 '시'는 마음, 인생, 생각, 상상 그리고 행복이다. 더 재밌는 건 시 쓰기를 낙서장, 일기장이라고 한 걸 넘어 옷장이고 수영장, 운동장이라고 한 것이다. 시 쓰기는 결승선의 운동장이다? 발상이 새롭다. 여기 목동중학교 열 명의 어린 시인들에게 과연 '시'란 어떤 의미일까? 이 시집에는 각 시인들의 '시작 메모'가 실려 있다. 자신에게 시란 어떤 의미인가를 두고 서로 비슷하기도 하지만, 또 각기 다르기도 하다. 일일이 이름을 밝힐 수는 없지만, '시작 메모'에 10명의 시인들이 성실하게 밝힌 시의 의미 또는 정의는 이러하다. 무엇보다 시는 '친구'이고 '비유' 이자 '여행'이다. 그리고 시는 '온기'이며 '기억'이고 '감정'이 다. 시는 어떤 '상황'이기도 하고 '나를 찾기'이기도 하다. 그 래서 시는 '진심'이며 '일상'이다. 참 멋지다. 이보다 멋진 시 의 정의는 만나지 못했다. 폴란드의 한 시인은 자신에게 시 란 어떤 의미일지 어느 날 있었던 일화를 빌어 이렇게 고백 한다.

시인이 맹인(盲人)들 앞에서 시를 낭독한다.
이렇게 힘든 일인 줄 미처 몰랐다.
목소리가 떨린다.
손도 떨린다.

여기서는 문장 하나하나가
어둠 속의 전시회에 출품된 그림처럼 느껴진다.
빛이나 색조의 도움 없이
홀로 임무를 완수해야 한다.

그의 시에서
별빛은 위험한 모험이다.
먼동, 무지개, 구름, 네온사인, 달빛,
여태껏 수면 위에서 은빛으로 반짝이던 물고기와

소종민

높은 창공을 소리 없이 날던 매도 마찬가지.

계속해서 읽는다―그만두기엔 너무 늦었기에―
초록빛 풀밭 위를 달려가는 노란 점퍼의 사내아이,
눈으로 개수를 헤아릴 수 있는 골짜기의 붉은 지붕들,
운동선수의 유니폼에서 꿈틀거리는 등번호들,
반쯤 열린 문틈으로 보이는 벌거벗은 낯선 여인들에 대해서.

침묵하고 싶다―이미 불가능한 일이지만―
교회 지붕 꼭대기에 올라앉은 모든 성인(聖人)들,
열차의 창가에서 벌어지는 작별의 몸짓,
현미경의 렌즈와 반지의 광채,
화면과 거울, 그리고 여러 얼굴들이 담겨진 사진첩에 대해서.
하지만 맹인들의 호의는 정말로 대단하다.
그들은 한없는 이해심과 포용력을 가졌다.
귀 기울이고, 미소 짓고, 박수를 보낸다.

심지어 그들 중 누군가가 다가와서는
거꾸로 든 책을 불쑥 내밀며
자신에게 보이지도 않는 저자의 서명을 요청한다.

아마도 이 시인에게 시 쓰기와 시 읽기는 '떨림'일 수도 있겠다. 하지만 눈이 보이지 않는 시각장애인들은 "귀 기울이고, 미소 짓고, 박수를 보낸다." 시 낭독이 끝나고 사인회에서 한 사람이 '거꾸로 든 책'을 내밀며 사인을 요청할 때, 이 시인은 목이 메어 침을 삼키며 애써 눈물을 참고서, 눈앞이 흐리지만 떨리는 손으로 '거꾸로 든 책'에 정성을 다해 자신의 이름을 적어주었을 것이다. 그래서 시인에게 시는 '말할 수 없는 감격'이자 '미안함이 섞인 한없는 고마움'이리라. 이 시의 제목은 「맹인들의 호의」(2005년)이며, 감동적인 이 시를 쓴 시인의 이름은 비스와바 쉼보르스카다.

> 냉이 된장국 끓는 소리
> 취사가 다 되었다는 밥솥 소리
> 생선 기름 튀는 소리
> 쓰레기봉투 바스락대는 소리
> 딸기 꼭지 도려내는 소리
> 손 씻고 수저 놓으라는 소리
> 밥솥 열리는 소리
> 평범한 저녁 식사
> 언제나와 같은 것이라도
> 더 바라지 않는다

우리는 일상에서 매일 매순간 시가 되는 풍경을 만난다.

소종민

강민지의 시 「저녁 직전」은 '평범한 저녁 식사'를 그리지만, 시에 앉혀진 이후에는 더 이상 '평범한' 저녁 식사가 아니다. "언제나와 같은 것이라도 더 바라지 않는다"는 말이 예사롭지 않다. 지금의 이 느낌. 늘 만나는 저녁 식사이지만 이번 한 번뿐이라는 이 느낌이… 이상하다. 강민지는 이 느낌 대로 저녁 식사 직전의 이 순간을 포착한다. 우리가 숨 쉬는 이 하루, 지금 이 순간은 매일 반복된다. 그런데 돌이켜 생각해 보면, 강민지의 시처럼 오늘 이 저녁식사는 앞으로 다시 오지 않는다. '두 번은 없다'.

두 번은 없다. 지금도 그렇고
앞으로도 그럴 것이다. 그러므로 우리는
아무런 연습 없이 태어나서
아무런 훈련 없이 죽는다.

우리가, 세상이란 이름의 학교에서
가장 바보 같은 학생일지라도
여름에도 겨울에도
낙제란 없는 법.

반복되는 하루는 단 한 번도 없다.
두 번의 똑같은 밤도 없고,

두 번의 한결같은 입맞춤도 없고,
두 번의 동일한 눈빛도 없다.

어제, 누군가 내 곁에서
네 이름을 큰 소리로 불렀을 때,
내겐 마치 열린 창문으로
한 송이 장미꽃이 떨어져 내리는 것 같았다.

오늘, 우리가 이렇게 함께 있을 때,
난 벽을 향해 얼굴을 돌려버렸다.
장미? 장미가 어떤 모양이었지?
꽃이었던가, 돌이었던가?

힘겨운 나날들, 무엇 때문에 너는
쓸데없는 불안으로 두려워하는가.
너는 존재한다 — 그러므로 사라질 것이다
너는 사라진다 — 그러므로 아름답다

미소 짓고, 어깨동무하며
우리 함께 일치점을 찾아보자.
비록 우리가 두 개의 투명한 물방울처럼
서로 다를지라도……

소종민

쉼보르스카의 「두 번은 없다」라는 시다. 우리는 매일같이 매우 짧은 1분 1초를 흘려보내지만, 흘러가는 이 시간을 어디에도 담을 수 없다. 지나간 과거와 다가올 미래 사이에 끼어 있는, 이 찰나의 현재는 참으로 얇다. 이 찰나의 순간을 우리 시인들은 '언어'로 '종이'와 '모니터 화면'에 앉힌다. 우리가 시를 쓸 때, 흘러가던 어느 순간이 갑자기 '정지'된다. 그 정지화면을 우리 시인들은 꼼꼼히 들여다보고, 그때 일었던 느낌을 되새겨 '단어'로, '구절'로, '문장'으로, '연'으로 하나의 시로 만든다.

어쩌면 시인은 시간을 붙들어다가 종이와 화면에 매어 놓을 수 있는 유일한 존재들이 아닐까? 다시 한번 여기 목동중학교 열 명의 시인들에게 찬사를 보낸다. 그리고 고맙다는 인사도 함께. 여러분 덕분에 우리는 흘러간 것처럼 보였던 어느 시간을 열 번이나 다시 만날 수 있었다. 행복했고, 따뜻했다. 안녕히 잘 지내고 더 큰 시인으로 자라나기를!

* 인용된 시가 수록된 시집들

- 정지용, 『정지용 전집 1 시』(민음사)

- 박목월, 『박목월 시전집』(민음사)

- 폴 엘뤼아르, 『이곳에 살기 위하여』(민음사)

- 윤석위, 『종달새』(고두미)

- 파블로 네루다, 『네루다 시선』(지만지)

- 윌리엄 블레이크, 『천국과 지옥의 결혼』(민음사)

- 윤동주, 『하늘과 별과 바람과 시』(미래사)

- 이용악, 『이용악 시전집』(문학과지성사)

- 김광규, 『반달곰에게』(민음사)

- 비스와바 쉼보르스카, 『끝과 시작』(문학과지성사)